빨강 머리 앤

—— Anne of Green Gables ——

일러두기

이 책은 원서의 제책 방식을 따랐습니다.

오른쪽에서 왼쪽으로 읽어주세요.

빨강머리 앤

루시 모드 몽고메리 지음 | 양지윤 옮김

한빛비즈 Hanbit Biz, Inc.

등장 인물

앤 셜리

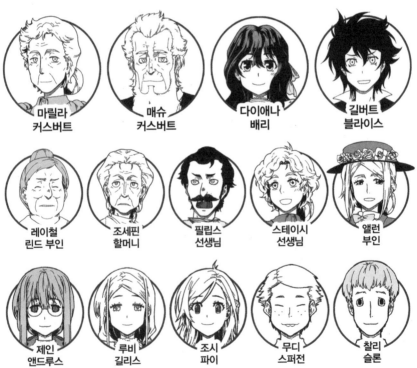

마릴라
커스버트

매슈
커스버트

다이애나
배리

길버트
블라이스

레이철
린드 부인

조세핀
할머니

필립스
선생님

스테이시
선생님

앨런
부인

제인
앤드루스

루비
길리스

조시
파이

무디
스퍼전

찰리
슬론

서문

어려서부터 저는 할머니의 문학적 성취에 긍지를 갖고 자랐으며 그분의 훌륭한 유산을 영광으로 여겨왔습니다. 100년이 훌쩍 넘는 세월 동안 출간되어온 《빨강 머리 앤》은 전 세계 34개국 이상의 언어로 번역되었고, 뮤지컬과 연극, TV 드라마, 영화, 라디오 드라마로 각색되었습니다. 그리고 이제 《빨강 머리 앤》이 만화로도 출간되기에 이르렀습니다! 당신의 소설이 장르를 넘나들며 새로운 독자와 만난다는 사실을 알았다면, 할머니께서 매우 기뻐하셨을 겁니다. 분명 세상 사람들은 앤 셜리와 그녀의 이야기에 끊임없이 매료될 것입니다.

이 책이 모든 연령대의 독자를 사로잡으리라 믿습니다. 이 이야기는 시간과 공간, 나이, 성별을 아우르는 마법 같은 힘을 지니고 있습니다. 앤의 세계는 고요하고 온화한 일상으로 가득하지만 때로는 감정이 폭풍우처럼 휘몰아치기도 합니다. 이 소설은 슬픔과 외로움, 배려와 사랑, 그리고 이해에 관한 이야기이자, 가족애와 우정을 나누며 앤이 그들에게 스며들어가는 이야기이기도 합니다. 고아라는 태생이나 빨강 머리, 어쩌면 단순히 남과 다른 성격이 걸림돌이 되기도 하지만, 결국에는 이 또한 앤의 고유한 특성으로 받아들여집니다. 이 책을 통해 우리는 앤의 개성과 타인에게 인정받고자 하는 열망, 불같은 성미, 꿈을 향한 진정성 담긴 갈망에 공감하게 될 것입니다.

이 책은 원작의 내용을 충실히 살리면서 원문의 대화를 자연스레 녹여내는 작업을 훌륭히 해냈습니다. 노고에 박수를 보냅니다!

작가 '루시 모드 몽고메리'의 손녀 케이트 맥도날드 버틀러

차 례

칙칙폭폭

캐나다 프린스에드워드섬

1870년대

CHAPTER 2
매슈 커스버트의 놀라움

매슈 커스버트
마릴라의 오빠

안녕하세요. 5시 반 기차는 언제쯤 옵니까?

그 기차라면 벌써 30분 전에 떠났어요. 하지만 댁의 손님이 한 명 내렸답니다. 어린 여자애더군요.

그럴 리가요. 난 남자애를 데리러 왔는데요.

그 애가 여기 있어야 하는데요. 알렉산더 스펜서 부인이 노바스코샤에서 데려다주기로 한 남자애 말입니다.

?

이럴 때 마릴라가 해결해주면 좋으련만.

뭔가 착오가 있었나 보네요.

글쎄요, 저 아이에게 물어보는 편이 낫겠네요. 아마 잘 설명해줄 거예요.

알 수 없는 일이군요.

스펜서 부인은 저 여자애와 함께 기차에서 내렸어요. 댁이 곧 마중 나올 거라더군요.

전 조금도 무섭지 않아요.
온통 하얀 꽃으로 뒤덮인
벚나무에서 달빛을 받으며
잠을 잔다니.
너무 근사하잖아요?

분명 대리석이 깔린
집에서 사는
기분이 들겠죠?

이렇게 눈을
반짝반짝 빛내는
아이에게 착오가
생겼다곤
말 못 하겠군.

오늘 안 오셔도
내일 아침에는 꼭
데리러 와주실 거라
생각했어요.

늦어서
미안하구나.

일단
집에 데려가서
마릴라에게
맡겨야겠어.

무슨 실수가
있었다고 해도 어쨌든
이 애를 여기 두고
갈 순 없으니까.

16

그거야 당연히
안개처럼

아름다운 베일을 쓴
순백의 신부죠.

전 신부가 되긴
힘들 것 같아요.

이렇게 못생겼으니
아무도 저랑 결혼하려
들지 않을 거예요.

하지만 언젠간 꼭
하얀색 드레스를
입어보고 싶어요.
그게 제가 세상에서 바라는
가장 커다란 행복이에요.
전 예쁜 옷이
참 좋거든요.

이제껏 살면서
한 번도 그런 옷을
입어본 적이
없어요.

프린스에드워드섬이
세상에서 제일 아름다운
곳이라는 말을 항상 들어왔어요.
그래서 여기 사는 모습을
늘 상상하곤 했죠. 정말로
오게 될 줄은 꿈에도
몰랐지만요.

18

여기가 꽉 찬 느낌이에요.

상상력을 발휘해서 만든 것보다 더 멋진 곳은 처음 봤어요.

이상하게 이 부분이 따끔거리는 것 같아요…

하지만 기분 나쁜 느낌은 아니에요.

저렇게 아름다운 곳을 가로수길이라고만 부르는 건 말도 안 돼요. 그런 이름엔 아무 뜻도 없잖아요. 뭐라고 부르면 좋을까…

반짝반짝~

환희의 하얀 길!
그게 좋겠어요.

...

저건 배리의
연못이란다.

그런데 왜
배리의 연못이라고
부르는 거죠?

어머, 그 이름도
안 어울려요.
저라면 말이죠, 음,
빛나는 호수라고
부르겠어요.

아마 배리 씨가
저 집에 살고
있어서겠죠?

배리 씨 집에
여자애가 있나요?
너무 어리지 않은,
저랑 비슷한
또래요.

어쩜! 정말
사랑스러운
이름이군요!

11살쯤 된
여자애가 있단다.
다이애나라고
부르지.

24

일단 저녁부터 먹으렴.

절망의 구렁텅이에 빠져본 적이 없어서 모르겠구나.

먹을 생각이 없나 보구나.

못 먹겠어요. 전 지금 절망의 구렁텅이에 빠졌거든요. 아주머니는 그럴 때 드실 수 있으세요?

그럼 제가 어떤 기분인지 모르실 거예요. 그건 굉장히 지독한 느낌이거든요.

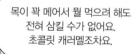

목이 꽉 메어서 뭘 먹으려 해도 전혀 삼킬 수가 없어요. 초콜릿 캐러멜조차요.

···

그만 재우는 게 좋겠어, 마릴라.

전 꼭 끼는
잠옷이 싫어요.

그치만
바닥에 끌릴 만큼 길고
목둘레에 레이스가 달린
예쁜 잠옷을 입었다고
상상할 순 있어요.

그러면
위안이 되거든요.

빙글빙글~

...

밭일은 프랑스에서 온 남자애를 고용하면 돼. 저 애는 네 말동무도 될 수 있을 거야.

난 말동무가 아쉬운 상황이 아니에요. 게다가 저 앨 데리고 있을 마음도 없어요.

그래요, 말은 참 잘하더군요. 하지만 그게 장점이 될 순 없어요.

난 여자애는 필요 없어요. 설사 그렇대도 저 앤 내가 좋아하는 타입이 아니에요.

난 이만 자러 가마.

글쎄다. 물론 네 말이 맞겠지, 마릴라.

...

CHAPTER 4
초록 지붕 집의 아침

아, 맞아…
여긴 초록 지붕
집이었지.

이 집에선
날 원하지 않아.
난 남자애가
아니니까!

덜컥덜컥

그럼요, 늘
해왔으니까요.

설거지를
제대로 할 줄
아는구나.

이 집엔 제가
돌봐줄 아기가
없어서 아쉬워요.

아기 보는 일을
더 잘하지만요.

매슈 오라버니
말대로 확실히
재미있는 애야.

나조차 저 애가
다음엔 무슨 말을
할지 궁금해지려고
하니까.

!

이러다간 나까지
저 아이의 마법에
걸려들고 말겠어.
오라버니는 이미
걸렸잖아.

CHAPTER 5
앤의 이야기

전 이 시간을
즐기기로 했어요.

장미들이 말을
할 수 있다면
정말 멋질 것 같지
않나요?

덜커덩

어릴 땐 빨강 머리였다가
어른이 돼서 머리 색깔이
달라졌다는 얘길
들어본 적 있으세요?

내가 아는
한은 없구나.

네 머리 색깔도
달라질 것 같진
않는데.

결국 토머스 아주머니가 절 데려가기로 했어요. 집은 가난하고 남편은 주정뱅이였지만 절 맡아 키워주셨죠.

그러다 토머스 아저씨가 기차에 치여 세상을 떠났어요. 그래서 아저씨 어머니가 아주머니와 아이들을 맡게 되었는데, 저까진 못 데려가겠다고 하셨어요.

전 그 집 아이들을 돌봐주며 지냈어요. 정말 손이 많이 갔죠.

그때 강 상류에 살던 해먼드 아주머니가 절 맡겠다고 하셨죠. 제가 아이들을 잘 돌본다는 걸 알고 계셨거든요. 그래서 해먼드 아주머니와 살게 되었어요.

아주머니는 쌍둥이를 3번이나 낳아서 아이가 여덟이나 있었어요. 너무 많았죠.

그게...

으음

...

음, 그러니까, 가능하면 그렇게 대해주려고 노력하셨어요.

술주정뱅이 남편이 있다는 건 보통 일이 아니잖아요.

게다가 쌍둥이를 3번이나 낳았으니 얼마나 힘들었겠어요?

...

두 분이 제게 잘해주려는 마음이 있었던 건 분명해요.

이렇게나 고단하고 가난한 데다 아무런 보살핌도 받지 못한 삶이 또 있을까. 이 아이의 마음이 충분히 이해가 가.

진짜 집을 갖게 되었다며 기뻐했던 것도 무리가 아니지.

이 아인 말이 좀 많긴 하지만 잘 가르치면 되겠지. 말투가 예의 없거나 거칠지도 않으니까.

부모가 괜찮은 사람들이었던 것 같군.

성품도 좋아 보이고 가르칠 만해.

다시 돌려보내기엔 가엾어.

정말
미안해요.

CHAPTER 6
마릴라의 결심

스펜서 부인

큰일이군요.
전 부탁하신 대로
처리했다고
생각했는데.

어쨌든
착오가 있었으니
바로잡아야겠죠.

아이를 고아원으로
돌려보낼 수 있을까요?
다시 받아주겠죠?

그럴 필요는
없을 것 같아요.
어제 피터 블루엣 부인이
집안일을 도와줄
여자애가 필요하다고
말씀하셨거든요.

그러니 그 아일 여기 있게 해도 좋아요.

난 네가 그렇게 해줄 거라 믿었다, 마릴라. 그 아인 무척 재미있었거든.

그리고 매슈 오라버니, 내 방식에 절대 참견하지 말아줘요. 노처녀라서 아이 기르는 법은 잘 모르지만, 노총각보다야 낫겠죠. 그러니 저 아이 교육은 내게 맡겨줘요.

쓸모 있는 아이라고 말할 수 있다면 더 좋았을 텐데요.

그럼, 그래야지. 마릴라, 네가 하고 싶은 대로 하렴.

그저 내가 해봐도 안 될 때만 참견해주세요.

휴우

64

그럼 말해주마.

우린 널
맡기로 했단다.

네가 착한 아이가
되기 위해 노력하고,
감사하는 마음을
갖는다면 말이야.

2주 뒤

CHAPTER 9
린드 부인의 노여움

그런 착오가 있었다니 정말 난처했겠어요.

저 아일 다시 돌려보낼 순 없었나요?

레이철 린드 부인

...

...!

어쩜, 저런 아이를 기르겠다니 당신도 참 안됐네요, 마릴라.

레이철, 저 아이의 외모에 대해 이러쿵저러쿵 비웃진 말았어야죠.

앤, 당장 침대에서
일어나서 내 말 들어.

꼼지락

참
잘하는 짓이구나.

앤!
부끄럽지도 않니?

그 아주머니한텐
제게 못생긴
빨강 머리라고 말할
권리가 없어요.

너도 그렇게
화를 내며
대들 권리는 없어, 앤.

정말이지
부끄러워서
혼났다.

이웃인 데다
어른이고 내 손님이잖니.
이 3가지 이유만으로도
넌 공손하게
행동해야 해.

넌 무례하고
건방지고, 또…

!

린드 부인 댁에 가서
잘못했다고 빌고 오너라.

절대
그럴 수 없어요.

다음 날 아침

조금은 벌을 받아야겠지. 하지만 너무 심하게 다그치진 말아다오, 마릴라.

식사는 꼬박꼬박 갖다주고 있어요.

하지만 린드 부인에게 용서를 빌 마음이 들 때까진 방에서 못 나오게 할 거예요. 이미 결정한 일이에요, 오라버니.

뭐 먹을 건 갖다줬겠지?

CHAPTER 10
앤의 사과

앤…

좀 어떠니, 앤?

저 꽤 잘했죠?
이왕 하는 거 제대로 하자고
생각했거든요.

그래, 완벽하게
해냈더구나.
지나칠 만큼.

다시 생각하니
웃음이 터져
나올 것 같아.

사과를 지나치게
잘했는데 오히려 혼을
내야 할 것 같으니,
참 우습네.

앞으로는 그렇게
사과해야 할 일을
만들지 않으면 좋겠구나.
버럭버럭 화내는
버릇도 고쳐야 해,
앤.

제 외모에 대해
비웃지만 않는다면
그럴 일은 없을 거예요.

…

따뜻하고 기분 좋은
느낌이야… 아마도
내가 느껴보지 못한
모성애 같은 거겠지…

전 벌써 초록
지붕 집이 좋아졌어요.
이제껏 그런 곳은
없었거든요.

아, 마릴라
아주머니, 정말
행복해요.

앤, 착한 아이가
된다면 언제나
행복할 수 있단다.

제가
저 나무 꼭대기에서
불고 있는 바람이라고
상상할래요.

바람에는
상상할 여지가
얼마든지
있으니까요!

CHAPTER 11
주일학교에 대한 앤의 인상

마음에 든다고
상상해볼게요.

…

예쁜 옷이라고
했니!

그야, 이 옷들은…
안 예쁘잖아요.

상상해본다니…
오호라, 이 옷들이
마음에 안 드는 게로구나!
대체 어디가
별로라는 거지?

가고 싶으면
함께 가자꾸나.
다이애나와 친구가
될 수 있을 거야.

스커트 옷본을 빌리러
배리 부인 댁에
가야겠구나.

또 왜
그러니?

아, 마릴라 아주머니,
전 두려워요.
드디어 때가 오다니,
너무 걱정스러워요.

그 애가 절 좋아하지
않으면 어쩌죠!
그건 제 인생에서 가장
비극적인 결말일 거예요.

다이애나보다도
배리 부인이
널 마음에
들어 하지 않으면
아무 소용 없단다.

공손하게 행동하렴.
엉뚱한 소리는
하지 말고.

아마 다이애나는
널 아주 좋아할 거야.
그보다도
그 애 어머니를
조심해야 해.

네가 미나리아재비꽃으로
장식한 모자를 쓰고 교회에
간 걸 배리 부인이 들었다면
널 어떻게 생각하겠니.

정말 죄송해요!
폐가 될 줄은
몰랐어요.

CHAPTER 12
엄숙한 맹세와 약속

배리 씨네 집

다이애나 배리

CHAPTER 13
기다리는 즐거움

네가 초콜릿 캐러멜을 좋아한다고 말했던 게 생각나서 좀 사 왔단다.

한꺼번에 다 먹어버리면 안 된다.

절반은 다이애나에게 나눠 주면 안 될까요? 그러면 나머지 절반이 2배는 더 맛있을 것 같아요.

오늘 밤에 하나만 먹을게요.

이 아인 인색하지 않아서 참 좋아.

마릴라조차도 이 아이를 맡길 잘했다고 인정하고 있잖아.

…마릴라 아주머니가 저도 주일학교 소풍에 가도 된대요… 그리고 소풍에 가서 먹으라고 과자를 구워서 바구니에 담아주신댔어요…

그치만 틀림없이 제자리에 되돌려놨어요.

바늘꽂이에 꽂았는지 도자기 접시 위에 두었는지 잘 기억나지 않아요.

거기에 없다면 네가 제대로 두지 않은 거겠지!

…

서랍장부터 브로치가 있을 만한 곳은 다 뒤져봤는데…

샅샅이 찾아봐야겠어.

다음 날 저녁

전 정말
브로치를
안 가져갔어요,
아주머니!

정말이지
지치는군.

털어놓을 때까지
이 방에서
못 나간다, 앤.

가엾지만
참아야 해…

다음 날 아침

소풍 당일

아주머니.

다
털어놓겠어요.

122

저기… 아직은 어리니까, 너그럽게 봐줘야 하지 않을까, 마릴라? 저 아이는 제대로 교육을 받지 못했잖니.

철퍼덕

그래서 지금 받고 있잖아요.

솥을 수선해야겠어요.

욱!

마릴라?

......

앤, 너란 아인 정말!

...

그치만 결국 아주머니는 절 소풍에 보내주시지 않았어요. 모든 노력이 물거품이 되어버렸어요.

어쨌든 내가 잘못했다. 이제야 깨달았어. 널 의심하지 말아야 했는데. 넌 한 번도 거짓말을 한 적이 없었으니까.

물론 네가 하지도 않은 일을 자백한 건 옳지 않아. 거짓말은 나쁜 짓이니까. 이번엔 내가 널 그렇게 몰아간 거겠지.

날 용서해준다면, 나도 널 용서하마. 그리고 우리 다시 잘해보자꾸나, 앤.

토닥 토닥

어서 소풍 갈 준비를 하렴.

킥

네가 말한 길버트 블라이스는 확실히 잘생겼지만, 굉장히 뻔뻔한 것 같아.

처음 보는 여자애한테 윙크라니, 너무 무례하잖아.

빛나는 호수는
정말 아름다워…

…

144

내 말 들었겠지, 앤?

...

네. 선생님.

하지만 진심으로 하신 말씀이 아니라고 생각했어요.

머리에 쓴 그 화환을 벗고 길버트 블라이스 옆에 앉아라.

틀림없는 사실이다. 당장 시키는 대로 해!

...

게다가 남자애 옆에 앉으라니 최악이야.

나 혼자만 벌을 받다니 말도 안 돼...

앤?

왜 짐을 다 집에
가져가는 거야, 앤?

다시는 학교에
안 올 거야.

세상에…!

그 대신
갈색 찻잔 세트를
꺼내 쓰렴.

과일 케이크와
쿠키도 먹으렴.

하지만 노란 단지에 든
버찌 절임은 먹어도 좋아.
슬슬 맛이 들었을 거다.

전날 밤에 교회 손님들이 왔을 때 쓰고 남은 라즈베리 주스가 절반쯤 있을 거다.

응접실 벽장의 두 번째 선반에 있단다. 네가 원한다면 다이애나랑 마셔도 좋아.

어머나, 아주머니, 정말 근사한 생각이에요.

자, 마음껏 마셔, 다이애나.

난 이따 마실래.

홀짝

세상에!!

이틀 후

엉엉 흑흑 흑흑

대체 이번엔 또
무슨 일이냐, 앤?

앤 셜리, 묻는 말에
대답해야지.
당장 똑바로 앉아서
왜 우는지 말해보거라.

...

풀쩍

린드 아주머니가
오늘 배리 씨 댁에 갔는데
배리 아주머니가 굉장히
화가 나신 상태였대요.

풀쩍풀쩍

제가 몹시 나쁜 아이라면서 다시는 다이애나와 같이 못 놀게 할 거라고 하셨대요.

토요일에 제가 다이애나를 취하게 해서 망측한 꼴로 집에 보냈다는 거예요.

아, 마릴라 아주머니, 너무 슬퍼서 견딜 수 없어요.

다이애나를 취하게 했다고! 대체 걔한테 뭘 먹인 거냐?

라즈베리 주스를 마시고 취할 줄은 몰랐어요, 마릴라 아주머니... 아무리 다이애나가 커다란 컵으로 3번이나 마셨다고는 해도요.

라즈베리 주스 말곤 마신 게 없어요.

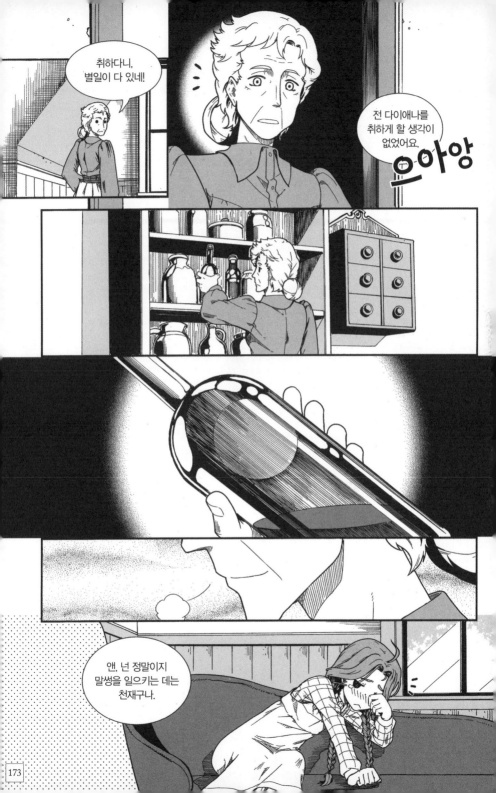

마릴라
아주머니!

배리
아주머니가 절
용서해주지
않으신 거죠?

아, 아주머니,
틀렸군요.
표정을 보니
알겠어요.

세상에, 그렇게나
말이 안 통하는
여자는 처음 봤다.

178

앤은 어느 수업에서든 길버트 블라이스에게 뒤지지 않으려고 최선을 다해 공부했다.

두 사람이 경쟁하고 있다는 사실은 누구나 알아차릴 수 있었다.

앤은 그렇지 않아 보였다.

길버트 쪽에서는 전혀 악의가 없었지만

앤은 학교 공부를 두고 길버트와 경쟁하고 있다는 사실을 인정하고 싶지 않았다. 그건 자신이 철저히 무시하고 있는 그의 존재를 인정하는 셈이 되기 때문이었다.

다음 해

CHAPTER 18
생명을 구한 앤

1월이 되자 프린스에드워드섬에 총리가 찾아왔다. 샬럿타운에서 열리는 대집회에서 그의 충실한 지지자들에게 연설하기 위해서였다.

애번리 사람들 대부분은 집회를 구경하기 위해 약 50킬로미터나 떨어진 샬럿타운에 갔다.

앤과 매슈 두 사람은 초록 지붕 집 부엌에서 아늑한 시간을 보내고 있었다.

마릴라 아주머니와
린드 아주머니는
지금쯤 즐거운 시간을
보내고 계시겠죠?

여자에게도 투표권을
준다면 좋은 변화가
일어날 거예요.

오타와에서 지금 같은
방법으로 정치를 한다면
캐나다는 엉망이 될 테고,
유권자들이 경각심을 가져야
한다고 린드 아주머니가
그러셨어요.

내가 전에
말했잖아. 해먼드
아주머니가 쌍둥이를
3번이나 낳았다고
말이야.

그 많은 쌍둥이를
돌보다 보면 자연스레
경험도 풍부해져.

어서 가자.

뽀득

뽀득

뽀득

매슈가 의사를 데려왔을 때는
새벽 3시가 다 되어서였다.

물론 속으로만 한 말이에요. 다이애나와 메리 조에게 더는 걱정을 끼치고 싶지 않았거든요.

그런데 얼마 지나지 않아서 미니 메이가 기침을 하며 가래를 토해내더니 곧 나아지기 시작했어요.

헛수고일지도 모르지만 이게 마지막 남은 희망이라고요.

저 병에 든 거담제를 한 방울도 남기지 않고 다 먹였어요. 그때 혼잣말을 되뇌었죠.

암, 알고말고

제가 얼마나 안도했는지 선생님은 짐작하시겠죠? 도저히 말로는 표현할 수 없어요.

흐아아아암

아아, 너무 오래
잤나 봐요. 벌써 오후가
다 되었군요.

앤...

세상에, 마릴라 아주머니!

이런, 앤 셜리, 제발 폴짝폴짝 뛰지 좀 말아라.

지금 당장 다이애나한테 가도 될까요? 설거지는 나중에 할게요. 이렇게 가슴 뛰는 순간에 설거지처럼 낭만적이지 않은 일에 얽매이긴 싫어요.

그래, 그래. 어서 다녀오렴.

앤 셜리, 제정신이냐? 당장 돌아와서 뭐라도 걸치고 나가야지!

와락

어젯밤 일 때문에
조세핀 할머니가
무척 화를 내셨지?

말도 마.
화가 머리끝까지
나셨어.

내 음악 공부
수업료를 내주기로
하셨는데 이젠
못 주시겠대.

화가 나서 펄펄
뛰시는 거야, 앤.
세상에, 어찌나
야단을 맞았는지.

쿡

나처럼 무례한
여자애는 본 적이
없으시다나.

흐음?

넌
누구냐?

초록 지붕
집에 사는
앤이라고 해요.

고백할 게 있어서
왔어요.

…

하하

하지만 너희도 나만큼이나 꽤 할 말이 많았던 것 같구나.

아마 내 상상력은 좀 녹슬어 있을 거다. 꽤 오래 사용하지 않았으니까.

…?!

…

???

?

?

넌 참 재미난 아이로구나. 아무래도 여기 더 머물러야겠다.

린드 부인의 말대로 이 세상에는 오로지 만남과 이별만이 존재할 뿐이었다.

CHAPTER 21
맛의 신기원

새로 부임한 목사와 그 부인은 젊고 호감 가는 인상의 커플로 아직 신혼이었다. 그들은 자신들이 선택한 일에 뜨거운 열정을 쏟고 있었다.

앨런 부부

앤은 그녀가 자신과 마음이 맞는 사람이라는 걸 한눈에 알아보았다.

앤은 앨런 부인을 곧 진심으로 좋아하게 되었다.

그 사건은 사람들 입에 오르내리는 일이 없었고, 앤은 평온을 되찾았다.

착하지, 얘야. 그런 일로 울 필요는 없단다.

앤이 실수로 바닐라 대신 진통제를 넣은 케이크를 만들었을 때도 앨런 부인은 무척 다정하고 따뜻하게 대해주었다.

누구든 저지를 수 있는 가벼운 실수잖니.

6월이 끝나갈 무렵 필립스 선생님이 학교를 그만두었다.

CHAPTER 22
스테이시 선생님과 제자들의 발표회

똑똑하고 동정심 많은 스테이시 선생님은 곧장 학생들의 마음을 사로잡았다. 선생님은 학생들 각자가 지닌 자질을 끌어내는 능력이 탁월했다.

그리고 스테이시 선생님이 새로 부임했다.

뮤리얼 스테이시

앤은 스테이시 선생님에게 긍정적인 영향을 담뿍 받으며 꽃처럼 활짝 피어났다.

11월이 되자 스테이시 선생님은 크리스마스 저녁에 발표회를 열자고 제안했다.

입장료를 받아서 학교에 세울 국기를 사는 데 보태자는 훌륭한 목적에서였다.

출연자로 뽑힌 학생들은 모두 흥분했는데, 그중에서도 앤 셜리가 가장 열정적이었다.

게다가 조세핀 할머니가
굉장히 귀여운 구두를
보내주셨어요! 틀림없이
꿈을 꾸고 있나 봐요.
너무 훌륭해요!

앤은 선물 받은 옷과 구두로
치장하고 발표회에 갔다.
앤의 암송은 성공적이었다.

엄청나게 많은 눈이 날 꿰뚫어 보는 기분이었거든.

한순간은 아무 말도 나오지 않을 것만 같았어.

덜덜...

그때 이 부풀린 소매를 떠올리며 용기를 얻었어.

이 소매 옷을 위해서라도 멋지게 해내야겠다고 결심했지.

내가 낸 신음소리 괜찮았지?

으으으윽~

하하하! 하하 하하

그래, 정말 멋졌어.

...

길버트 블라이스도 참 멋졌어.

!!

앤, 길버트를 대하는 네 태도는 좀 심한 것 같아.

흥!

내 얘길 좀 들어봐.

네가 요정 대사를 하고 무대에서 퇴장할 때 네 머리에 꽂았던 장미꽃 중 하나가 바닥에 떨어졌는데…

넌 굉장히 낭만적인 아이니까 이 이야기가 마음에 들 것 같은데.

길버트가 그걸 주워서 자기 가슴 주머니에 꽂는 거 있지.

자, 어때?

그 애가 뭘 하든 나랑은 아무 상관도 없어.

난 걔 생각은 하고 싶지 않아, 다이애나.

···

휴우

223

CHAPTER 24
허영심과 영혼의 고뇌

4월

어떤 사정이 있었는지 앤의 말을 먼저 들어봐야 해.

그 앤 설명을 잘하잖니.

5시까지 차 마실 준비를 해놓으라고 말했는데, 시킨 일을 하나도 해놓지 않았군요!

글쎄다. 잘 모르겠구나. 난롯불이 꺼져 있는데.

앤이 차 마실 준비는 해놨겠죠?

매슈 오라버니, 저 다녀왔어요.

아니, 이런! 여태 방에 있었던 거냐?

흘쩍 흘쩍

앤 셜리, 네 머리카락이 왜 그러니? 세상에, 녹색이잖아!

아주머니, 제발 부탁이에요. 저쪽으로 가주세요. 그리고 절 보지 마세요…

224

네 머리카락은 검고 윤기 나는 아름다운 검은색으로 변할 거다. 그 색은 절대 안 빠지지!

전 빨강 머리만큼 싫은 색은 없다고 생각했어요. 그래서… 그래서 염색했어요. 오후에 행상인이 찾아왔길래 염색약을 샀어요.

그 사람은 독일에 있는 아내와 자식을 데려오기 위해 열심히 일하며 돈을 모으고 있다고 했어요. 그게 제 마음을 움직였죠. 전 그 사람을 도와줄 만한 물건을 하나 사고 싶었어요.

어쩔 수 없구나, 앤. 머리카락을 잘라야겠다. 그것 말곤 방법이 없어.

1주일 후, 앤은 외출도 하지 않은 채 매일 머리를 감았으나 머리 색깔에는 아무런 변화가 없었다. 색이 절대 빠지지 않을 거라는 행상인의 말은 진짜였다.

으하하하 하하!

꼭 허수아비 같잖아.

다음 주 월요일, 짧게 자른 앤의 머리는 학교에서 큰 화제가 되었다.

다시는 예뻐지고 싶다는 생각은 하지 않으리라 앤은 결심했다.

CHAPTER 25
불행한 백합 아가씨

몇 달 뒤 여름

당연히 앤 네가 일레인 공주 역할을 해야지!

하지만 빨강 머리 일레인 공주라니, 너무 우스꽝스럽잖아.

앤과 다이애나는 그해 여름의 대부분을 호숫가에서 보냈다.

어느 날, 두 사람과 함께 오후를 보내기 위해 루비와 제인이 놀러 왔다.

테니슨의 시에 나오는 일레인 공주 이야기를 연극으로 꾸며보자는 것은 앤의 아이디어였다. 지난겨울, 아이들은 테니슨의 시를 배웠던 것이다.

아스톨라트의 일레인 역할, 앤

일레인의 아버지 역할, 다이애나

일레인의 오빠 역할, 제인

일레인의 오빠 역할, 루비

안녕히, 내 사랑하는 누이여!

영차~

배가 밀려나가는 과정에서 밑바닥이 호숫가에 묻혀 있던 오래된 말뚝 끝에 부딪혔다.

다이애나와 제인과 루비는 배가 물살에 떠내려가는 모습을 지켜보다가, 백합 아가씨를 맞이할 준비를 하기 위해 숲을 가로질러 뛰어갔다.

귀네비어 왕비

아서왕

랜슬롯

쿨럭

출렁

부디 배를
기둥 가까이에 대주세요.
그다음은 제가
알아서 하겠습니다.

!

간절히
부탁드려요…

배가 가라앉고
말았어… 땅으로
올라가려면 누군가
도와주러 올 때까지
버텨야 해.

…

으쌰!

앤 셜리!

대체 거긴
어떻게
올라간 거야?

일레인 공주 연극을
하고 있었어. 난 배를 타고
캐멀롯을 향해
떠내려가는 역할을
맡았어.

...

그런데
배에 물이 새기
시작해서 기둥 위로
기어 올라온 거야.

...

미안한데 날
좀 나루터까지
데려다줄래?

철썩

알았어.

그럼요, 아주머니.
오늘의 실수로 교훈을 하나
얻었는걸요. 너무 낭만적인
상상에 빠지면
안 된다는 거예요.

대체 분별력이란 게
있긴 한 거냐, 앤?

제발
그러길
바란다.

조세핀 할머니가 앤과 다이아
저택에 초대했다.
며칠간 그곳에 머물며 함
박람회를 구경하기 위해서였

마릴라는 앤이 샬럿타운에 가는 걸
허락했고, 모든 준비가 끝났다.

9월

CHAPTER 26
앤 인생의 획기적인 사건

앤은 이 경험이 평생
기억에 남을 만한 추억이
되리란 걸 느꼈다.

이 도시에서 머문 경험은
앤과 다이애나에게
여러 해 동안
잊지 못할 만큼 특별했다.
처음부터 끝까지
즐거운 일로 가득했다.

하지만 앤에게
무엇보다도
기뻤던 건
집으로 돌아온
일이었다.

11월

눈이 피로하군.

…루비 길리스는 남자 생각밖에 안 해요…

CHAPTER 27
퀸스아카데미 입시반

우린 절대 결혼 같은 건 안 하고 독신으로 사는 걸 진지하게 생각하고 있어요…

다음에 읍내에 가면 안경을 새로 하는 게 좋을지 알아봐야겠어.

요즘 들어 눈이 자주 피로한 느낌이야.

…다이애나와 전 요즘 여러 가지로 진지한 대화를 나누고 있어요.

우리도 충분히 자랐으니 이제 어린애 같은 이야기는 어울리지 않는 것 같거든요.

그게 철이 들면서 가장 안 좋은 점이란 걸 느끼기 시작했어요.

...

방과 후에 1시간씩 보충수업을 시키시려는 모양이더구나.

선생님은 우리가 널 그 반에 넣을 의향이 있는지 물으러 오셨단다.

넌 어떠니, 앤? 퀸스아카데미에 다녀서 선생님이 되고 싶은 생각이 있니?

!

하지만 전 아무런 말도 하지 않았어요.

오, 아주머니! 그건 제 일생일대의 꿈이에요!

말해봤자 아무 소용이 없을 것 같아서요.

머지않아 퀸스아카데미
입시반이 만들어졌다.

길버트 블라이스, 앤 셜리, 루비
길리스, 제인 앤드루스, 조시 파이,
찰리 슬론, 그리고 무디 스퍼전
맥퍼슨이 입시반에 들어갔다.

다이애나 배리는 부모님이
딸을 퀸스아카데미에 보낼
생각이 없었기 때문에 입시반에
들어오지 못했다. 앤에게는
재앙이나 마찬가지였다.

길버트와 앤 사이에는
공공연한 경쟁이 시작되었다.

호수에서 도움을 받았던 날,
용서를 바라는 길버트의 간청을 뿌리친
이후로 그는 확고한 경쟁의식을
불태우기만 할 뿐 앤 셜리의 존재를
깡그리 무시했다.

길버트는 다른 여자애들과
즐겁게 이야기하며 농담도 하고, 수업과
여러 계획에 관해 토의하기도 했다.
때론 기도회나 토론 클럽이 끝난 뒤
그들 중 누군가와 함께 집에 돌아갔다.

그러나 앤 셜리만은 외면했다.
앤은 무시당하는 일이 그리
유쾌하지만은 않다는 걸 느꼈다.

...

고개를 홱 젖히며 아무렴
어떠냐고 혼잣말을 되뇌어도
소용이 없었다.

어느새 앤은 자기가 길버트를
이미 용서했으며 그 일을
잊어버렸다는 사실을 깨달았다.
그러나 너무 늦은 뒤였다.

그해 겨울은 즐거운
일과와 입시 공부로
빽빽이 채워졌다.

앤이 알아차리지 못하는 사이,
초록 지붕 집에는
다시 봄이 찾아와서 온 세상을
또 한 번 꽃으로 감쌌다.

앤은 이제
15살이 되었다.

마릴라?

...

아마 앤은 다음 겨울엔 이 집을 떠나게 될 거예요.

하지만 내 생각이 틀렸던 거예요. 참 다행이지 뭐예요.

분명 난 앤을 잘못 보았어요. 사실 그럴 수밖에 없었잖아요. 그토록 별난 데다 예상 밖의 말썽을 저지르는 아이는 아마 없을 테니까요.

저 애가 몹시 그리울 것 같아요.

하지만 늘 같이 있던 때와는 다르겠죠.

물론 자주 집에 돌아올 거예요.

7월

시험 기간에 앤은 온통 불안에 떨어야 했다.

합격할지 떨어질지 결과가 나오기 전까지 아무도 몰라. 차라리 이대로 잠들어서 발표가 날 때까지 깨어나지 않았으면 좋겠어!

CHAPTER 28
합격자 명단 발표

3주가 지나도록 여전히 합격자 발표가 나오지 않았다. 앤은 식욕이 떨어졌을 뿐만 아니라, 애번리에서 벌어지는 일에도 관심이 시들해졌다.

콩

그러던 어느 날 저녁, 기다리던 소식이 들려왔다.

다이애나는 패션 안목이 세련되었다는
평판을 받고 있어서, 이런 문제에 관해
조언을 구해오는 사람이 많았다.

흐음.

흐으으음.

좋아,
어울릴 것 같아.

내가 이걸 목에
걸면 아저씨가
좋아하실 거야.

어디 보자.

앤,
넌 어딘지 우아한
분위기를 풍겨.

고개를
꼿꼿이 세우고
있어서 그런가?

무척 즐거운 밤이었다.

콘서트가 열리는 호텔은
천장부터 바닥까지 온통 전등이
켜져 있어서 눈이 부실 지경이었다.

두 사람은 콘서트 위원회 여성들의 환영을 받았다. 그중 한 사람이 앤을 출연자 대기실로 데려갔다.

방에서 봤을 때는 내 드레스도 무척 우아하고 예뻐 보였는데…

실크 드레스와 레이스 드레스 앞에선 지나치게 단순하고 평범하잖아.

이 흰 장미는 또 왜 이리 초라해 보일까!

저 다이아몬드에 비하면 내 진주 목걸이는 아무것도 아니네.

때마침 호텔에
머물고 있던
한 전문 낭송가가
암송을 하게 되었다.

그녀는 놀랄 만큼 자유자재로
변화하는 목소리를 가지고 있었다.
표현력 또한 뛰어나서 모든 관객이
그녀의 낭송에 열광했다.

앤은 극도의
무대공포증에
휩싸여 있었다.

단 한 마디도 입 밖에 낼 수
없었던 앤은, 당장이라도
무대에서 달아나고 싶은
심정이었다.

그때 홀의 맨 뒤에서 길버트
블라이스가 미소를 띤 채
몸을 앞으로 내밀고 있는 모습이
앤의 시야에 들어왔다.

앤의 눈에 그 웃음은
의기양양한 비웃음으로
보였다.

저렇게나
훌륭한데 내가 어떻게
다음 순서로 나설 수
있겠어… 절대 못 해!

아,
초록 지붕 집으로
돌아갈 수만
있다면!

그러자 두려움과
불안이 사라졌다. 이윽고
앤은 암송을 시작했다.

앤은 길버트 블라이스
앞에서 결코 실수해서는
안 된다고 생각했다.

짝 짝

짝 짝

앤이 암송을 끝내자 여기저기서
박수가 터져 나왔다.

어쩜, 정말 훌륭했어요.
보세요, 앙코르예요. 다들 아가씨가
다시 한 번 암송해주길
바라고 있어요!

그 이후의 시간은
모든 것이
대성공이었다.

그 뒤 3주 동안, 초록 지붕 집은 앤의 퀸스아카데미 입학 준비 때문에 숨 가쁘게 돌아갔다.

앤의 옷은 아름다운 것들로만 넉넉히 마련되었다. 매슈가 신경을 써준 덕분이었다. 게다가 이번에는 마릴라도 매슈가 무엇을 사 오든 전혀 반대하지 않았다.

CHAPTER 30
퀸스아카데미 입학

마릴라는 앤이 처음 초록 지붕 집에 온 저녁을 떠올렸다. 겁먹은 표정을 하고 있던 앤의 어린 모습이 선명하게 되살아났다.

그리운 추억이 떠올라 마릴라는 눈물을 흘렸다.

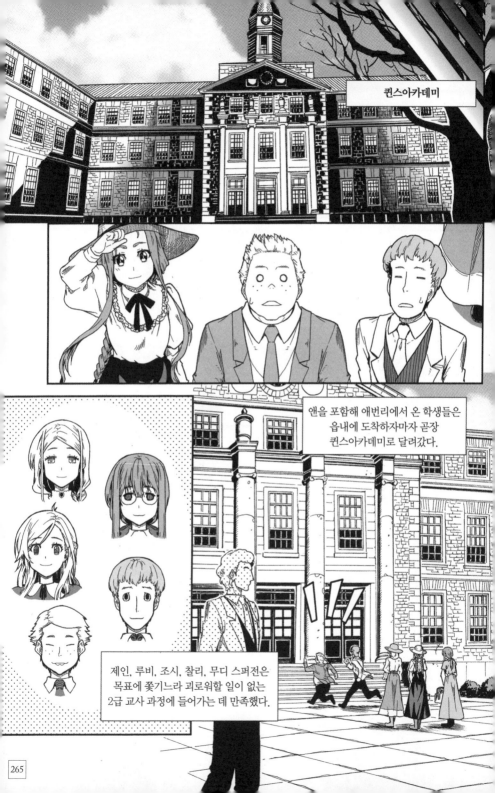

퀸스아카데미

앤을 포함해 애번리에서 온 학생들은 읍내에 도착하자마자 곧장 퀸스아카데미로 달려갔다.

제인, 루비, 조시, 찰리, 무디 스퍼전은 목표에 쫓기느라 괴로워할 일이 없는 2급 교사 과정에 들어가는 데 만족했다.

스테이시 선생님의
조언에 따라,
앤은 1년 뒤부터 일을
시작할 수 있는 과정에
들어가기로 마음먹었다.

길버트도 앤과 같은
과정을 선택했다.

이 반에 들어가면 2년 걸리는
1급 교원 자격을
1년 만에 딸 수 있었다.

50명이나 되는 학생들과
한 교실에 앉아 있으려니
앤은 격렬한 고독에
휩싸였다. 아는 얼굴이라고는
길버트뿐이었다.

적어도
계속 경쟁은
할 수 있겠네.

해가 저문 뒤
하숙방에 혼자 남게 되자
외로움은 한층 깊어졌다.

울면 안 돼…
꼭 바보 같잖아…
벌써 세 번째
눈물이 떨어졌어.

훌쩍

하숙집은 깨끗했지만
앤이 처음 경험하는
향수병을 달래주진 못했다.

에이버리
장학금이라고?

그날 밤

아, 맞다!

이제
퀸스아카데미에서도
한 사람이 에이버리
장학금을 받을 수 있게
되었대. 오늘 통지가
왔다나 봐.

마법에 걸린 것처럼
앤의 마음에 야심의
지평선이 펼쳐졌다.

열심히 공부해서
꼭 그 장학금을
받을래.

내가
문학 학사학위를 받으면
매슈 아저씨가 무척
자랑스러워하시겠지?

아, 꿈을 갖는다는 건
무척 설레는 일이야.
이렇게 많은 목표를 가질 수
있어서 정말 기뻐.

꿈 하나가 이뤄지면
금세 다른 꿈이
더 높은 곳에서
빛나고 있잖아.

그래서 인생은
재미있나 봐.

CHAPTER 31
퀸스아카데미에서 보낸 겨울

앤은 차츰
퀸스아카데미에서 새로운
친구들을 사귀게 되었다.

앤은 친구를 사귀는
재능이 있어서 주변에
여자 친구들이 끊이지 않았다.

한편 앤은
남자 친구와 우정을
쌓는 것도 좋으리란 생각을
막연히 가지고 있었다.

길버트를 향한 경쟁심은
예전보다 더 강렬해졌지만,
어째선지 더 이상
가시가 돋치지는 않았다.

이제 앤은 길버트를
이기기 위해서가 아니라
훌륭한 상대와 맘껏 경쟁하여
승리하기 위해서 공부했다.

이제 10분 뒤면 누가 에이버리 장학금을 받는지 알 수 있겠지.

봄

지난 2주 동안 몸무게가 3킬로나 줄었어.

걱정하지 말라고 해봤자 헛수고야. 불안해서 견딜 수 없는걸.

어머, 앤, 힘내.

CHAPTER 32
영광과 꿈

에이버리 장학금은 이미 단념했어. 다들 에밀리 클레이가 탈 거래.

분명 둘 중 하나는 앤 네가 받을 거야.

그럴 용기가 없어.

난 게시판까지 걸어가서 모두가 보는 앞에서 발표를 확인할 엄두가 안 나.

...

내가 졌어. 길버트가 이긴 거야.

앤, 앤!

매슈 아저씨가 얼마나 실망하실까. 내가 이길 거라고 철석같이 믿고 계실 텐데.

앤 셜리다!

?

앤!

에이버리 장학금 수상자 셜리를 위해 만세 삼창!

세상에, 앤!
정말 기뻐!
진짜 멋지다!

만세~!

졸업식

매슈와 마릴라가 졸업식에
참석했다. 무수한 눈과 귀가,
단 위에 서 있는 오직 한
학생에게 쏠렸다. 초록색
드레스 차림에 키가 크고,
발그레한 볼에 별처럼 빛나는
눈을 한 여학생이었다.

이어서 메달 수여식이
진행되었다.

그날 저녁, 앤은 매슈와
마릴라와 함께
애번리 집으로 돌아왔다.

4월 이후로
집에 오지 못했기 때문에,
앤은 더 이상 하루도
지체하고 싶지 않았다.

아 참…
앤?

네?

휘청거린다는 소문은 들었어요, 왜요?

최근에 애비 은행에 대해 뭐라도 들은 거 있니?

레이철도 그러더구나. 오라버니가 걱정이 이만저만이 아니란다. 우리 저축이 깡그리 그 은행에 들어가 있거든.

우리 아버지와 애비 씨가 친분이 두터웠던 터라 쭉 그 은행에 맡겨왔지.

내가 매슈 오라버니한테 처음부터 저축은행에 넣는 편이 좋다고 말했는데,

그래서 내가 곧장 예금을 찾아오라고 매슈 오라버니한테 부탁했는데, 어제 러셀 씨가 그러길 은행은 끄떡없다고 했다더구나.

매슈 오라버니는 애비 씨가 맡고 있는 은행이라면 걱정할 것 없다고만 그러지.

···

하지만 애비 씨는 몇 년 전부터 운영에선 실질적으로 손을 떼고 있잖아요.

나이가 워낙 많아서 그분 조카가 은행을 맡았던데요.

지금쯤 여러모로 아저씨를 도우며 편하게 해드릴 수 있었겠죠.

만약 아저씨가 처음에 원했던 대로 남자애가 왔다면.

그런 생각을 할 때마다 제가 남자애였다면 얼마나 좋을까 싶어요.

토닥

난 말이다, 남자애 열둘보다도 너 하나가 좋단다, 앤.

남자애 열둘보다 말이야. 진심이다.

그리고 에이버리 장학금을 탄 건 남자애가 아니었잖니?

여자애였단다. 바로 내 딸… 내 자랑스러운 딸이지.

수줍음 많고 말수가 적던
매슈가 사람들의
관심을 끈 건, 이번이
난생처음이었다.

창백하고 장엄한 죽음이
그에게 내려앉아 왕관을
씌워주었다.

그러나 앤은 눈물 한 방울
흘리지 않았다. 매슈를 위해
울지 못한다는 것은 앤에게
끔찍한 고통이었다.

마릴라는 신중한 성품과
오랜 세월 몸에 익혀온
습관도 버린 채 격한 슬픔에
사로잡혀 구슬피 울었다.

그저 비참한 슬픔만이
잠들기 전까지
앤을 괴롭힐 뿐이었다.

처음에는 눈물이
전혀 나오지 않았다.

내 딸…

내 자랑스러운
딸이지.

...

매슈
아저씨?

...

...

앤?

으어어엉...

으흑...

애번리는 다시 평온을 되찾았다.
초록 지붕 집도 일상으로 되돌아가
예전처럼 규칙적인 일과가
이루어지고 있었다.

매슈 없이도 변함없이 일상이
흘러간다는 사실이 앤에게는
새로운 서글픔처럼 느껴졌다.

세상이 너무
아름다워 보여.

매슈 아저씨가 없는데도
예전처럼 지낼 수
있다는 게 왠지
배신처럼 느껴져.

다음 날

독서와 바느질은
물론이고 눈을
피로하게 하는 일은
절대 해선 안 됩니다.

울어서도 안 돼요.
제가 처방해드린
이 안경을 쓰세요.

그러면 눈이 더
나빠지진 않을 테고
두통도 가라앉을
겁니다.

"만약 제가 말씀드린 대로 지키지 않으면 반년 안에 실명할 거예요."

상황은 너무도 슬프게
변해버렸다!

마을 사람들이 찾아와서
이러니저러니 물어보는 것도
싫고, 동정을 받는 건
더더욱 질색이니까.

이 일은 당분간
아무에게도
말하지 말렴.

며칠 뒤

참 잘한 거야. 여자로서 필요한 교육은 충분히 받았으니 그만하면 됐지.

앤, 얘야. 대학에 가는 걸 포기했단 말을 들었다.

아...

하하...

...

그게 무슨 말이냐.

애번리에서 가르치는 줄 알았는데? 이사회에서 그렇게 결정했다고 들었단다.

아시겠지만 전 카모디에서 가르치게 될 거예요.

어째서요? 길버트
블라이스로 결정되어
있었잖아요!

린드
아주머니!

!

그랬지.

그런데 네가
신청했다는 말을 듣고
길버트가 곧장
이사회에 갔단다.

자기는 취소할 테니
널 받아들여달라고
말했다더구나.

길버트는
화이트샌즈에서
가르칠 거래.

어머, 마릴라
아주머니, 그래서요?
그다음엔 어떻게
되었는데요?

다투고 말았지.

존이 내게
사과했는데도
난 용서하지
않았어.

물론 나중엔
용서할 생각이었어.
다만 처음엔 혼을 좀
내주고 싶었지.

하지만 결국
멀어지고 말았어.
그 집 사람들은 모두
독립적이거든.

지금도
생각하곤 한단다.
기회가 있었을 때 존을
용서하면 좋았을 거라고.

아주머니의
삶에도 작은 낭만이
있었군요.

네가
그렇게 말할 줄
알았다.

휘이익~

하느님 하늘에 계시니,

세상 모든 것이 평화롭도다.*

*영국 시인 로버트 브라우닝의 시 〈피파가 지나간다〉 중에서 인용—옮긴이.

THE END

캐릭터 디자인 스케치

표지 디자인 레이아웃

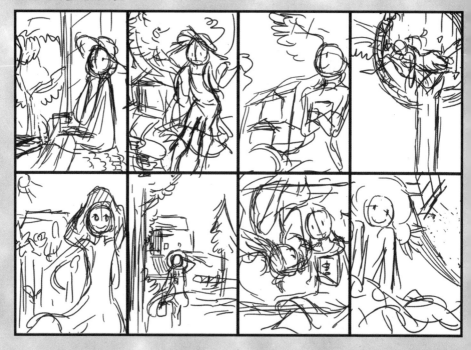

빨강 머리 앤

초판 1쇄 발행 2022년 8월 5일

지은이 루시 모드 몽고메리 / **옮긴이** 양지윤 / **각색** Crystal S. Chan / **그림** Kuma Chan

펴낸이 조기흠

기획이사 이홍 / **책임편집** 최진 / **기획편집** 이수동, 이한결

마케팅 정재훈, 박태규, 김선영, 홍태형, 배태욱, 임은희 / **제작** 박성우, 김정우

교정교열 책과이음 / **디자인** 이슬기

펴낸곳 한빛비즈(주) / **주소** 서울시 서대문구 연희로2길 62 4층

전화 02-325-5506 / **팩스** 02-326-1566

등록 2008년 1월 14일 제25100-2017-000062호

ISBN 979-11-5784-600-9 04800

이 책에 대한 의견이나 오탈자 및 잘못된 내용에 대한 수정 정보는 한빛비즈의 홈페이지나
이메일(hanbitbiz@hanbit.co.kr)로 알려주십시오. 잘못된 책은 구입하신 서점에서 교환해드립니다.
책값은 뒤표지에 표시되어 있습니다.

⌂ hanbitbiz.com 🄵 facebook.com/hanbitbiz 🄽 post.naver.com/hanbit_biz
▶ youtube.com/한빛비즈 🄾 instagram.com/hanbitbiz

지금 하지 않으면 할 수 없는 일이 있습니다.
책으로 펴내고 싶은 아이디어나 원고를 메일(hanbitbiz@hanbit.co.kr)로 보내주세요.
한빛비즈는 여러분의 소중한 경험과 지식을 기다리고 있습니다.